KB098813

스무 살은 처음입니다

국립중앙도서관 출판예정도서목록(CIP)

스무 살은 처음입니다 : 장석주 시집 / 지은이: 장석주. --
대전 : 지혜 : 애지, 2018
p. ; cm. -- (J.H classic ; 026)

ISBN 979-11-5728-301-9 03810 : ₩10000

한국 현대시[韓國現代詩]

811.62-KDC6
895.714-DDC23 CIP2018031358

J.H CLASSIC 026

스무 살은 처음입니다

장석주

지혜

시인의 말

스무 해 전에 나왔다가 소리없이 절판된 시집을 다시 냅니다.

스무 해 전이라면 제가 지금보다 스무 살 쯤 어린 나이였을 테지요.

하건만 그때 이미 저는 젊음을 다 탕진하고 중년의 초입에 들어섰을 때였지요.

어느 날 문득 젊은 날의 첫사랑에 대한 기억이 시의 언어로 쏟아졌어요.

잃어버린 첫사랑의 시들, 모호한 불안과 갈망을 앓으며 썼던 이 시들은

영원한 스무 살의 언어로써 자리잡을 때만 빛납니다.

이 시들이 완숙하다고 할 수 없습니다만 불안과 미숙은 젊음의 불가피한 성분이지요.

이런 서툴고 아름다운 시를 쓸 재능과 시간이 제게는 한 점도 남아 있지 않습니다.

오늘은 바람결에 이 시를 다 실어 보내고

저는 헛헛한 가슴을 안고 강물을 따라 저 하류까지 내려가 볼 참입니다.

2018년 가을 파주에서
장석주

차 례

2부 어머니는 늦게 돌아와서 내 어리석음을 책망하리라

3부 너는 내 팔 안에서 울고 있다

4부 애인들은 창 아래로 깔깔거리며 지나갔지요

• 일러두기
한 연이 첫 번째 행에서 시작될 때는 > 로 표시합니다.

1부

너는 별들의 계보에 속해 있다

딸기

비애로 단단해진 너는
아직 발견되지 않은 것들의
목록 속에 있다

초록 줄기에 알알이 맺혀 있는 너는
별들의 계보에 속해 있다

그러나 붉은 것은 왜 오래가지 않는가
섹스 후 동물은 왜 슬픈가

차마 꽉 깨물어 터뜨리지 못한 채
혀 위에 올려놓고 굴리는
이 정체불명의 비애가 나를 울린다

다시 첫사랑의 시절로 돌아갈 수 있다면

어떤 일이 있어도 첫사랑을 잃지 않으리라
지금보다 더 많은 별자리의 이름을 외우리라
성경책을 끝까지 읽어보리라
가보지 않은 길을 골라 그 길의 끝까지 가보리라
시골의 작은 성당으로 이어지는 길과
폐가와 잡초가 한데 엉겨 있는 아무도 가지 않은 길로 걸어가리라
깨끗한 여름 아침 햇빛 속에 벌거벗고 서 있어 보리라
지금보다 더 자주 미소짓고
사랑하는 이에겐 더 자주 '정말 행복해'라고 말하리라
사랑하는 이의 머리를 감겨주고
두 팔을 벌려 그녀를 더 자주 안으리라
사랑하는 이를 위해 더 자주 부엌에서 음식을 만들어 보리라
다시 첫사랑의 시절로 돌아갈 수 있다면
상처받는 일과 나쁜 소문,
꿈이 깨어지는 것 따위는 두려워하지 않으리라
다시 첫사랑의 시절로 돌아갈 수 있다면
벼랑 끝에 서서 파도가 가장 높이 솟아오를 때
바다에 온몸을 던지리라

어느 집 고양이가 당신을 할퀴었죠?

철 지난 바닷가에
두 사람이 서 있다, 아아 그들은 헤어지고야 말
사람들,
이미 이별이 그들의 머리 위에
치명적인 그늘을 드리웠구나

중독된 내 몸 속에서
붉은 닭이 잠든다
네가 내 이면의 삶을 들여다 볼 때
나는 성급하게 너의 겨드랑이를 본다
오래 전 우리는 낯선 산장에서 묵었었지
노란 별들이 두어 개
다만 네 가는 허리에서
하염없이 불타고 있었지

여자의 검고 긴 머리칼이
넓고 푸른 바다에 젖는데
남자는 넓고 푸른 바다를 등지고 서 있다

그들은 헤어지고야 말

사람들

붉은 벽돌집과
잎 다 떨군 활엽의 빈 나무들

텅 빈 길

눈발이 내리치고
이제 우리는
바람이 부는 길을 가야 하리

모자

나는 다리 위에 서 있다
하늘은 온통 붉은 피로 범벅이 되어있고
나는 모자를 쓴 채
어쩌면 몸의 고름과 피를 외면한 채
다만 물을 바라보고 서 있다

달은 아직 뜨지 않고
푸른 어둠 속에서 산들이 물 위에 고요히 내려앉아 있다

내가 다리 위에서
물을 바라보고 서 있는 것은
내 어리석음 때문인지도 모른다

내가 모자를 쓰고 있는 것은
생각이 많은 탓이다
생각이 많은 것은 그만큼 어리석다는 증거

아무것이나 삼키는
게걸스러운 위를 가진 추억이여

>

현재는 과거의 식민지
나는 식민지의 몽매한 시민에 지나지 않는다
입술가에 흰 우유가 묻은 너를
네가 몸에 기르고 있는 많은 상처들을
나는 기억한다, 네 몸이 양육해온
많은 추억들과 그밖에 불가피한 하나의 씨앗을

하늘에 범람하는 저 불길한 붉은 피들이
금방 내 검은 모자위로
쏟아질 것만 같다

해변들

추운 겨울이 지나간다
하얀 링거병과
유서 깊은 두통이 지나간다

불면의 밤들과
흰 원피스에 가린 네 미친 기쁨의 살들이 지나간다

병원의 빨간 의자와
모처럼 입은 파란 양복,
야윈 손등에 파랗게 떠오르는 정맥이 지나간다

추운 겨울이 가면
네 회색빛 눈동자를 오래 바라볼 것이다

네 회색빛 눈동자 속에
따뜻한 모래
따뜻한 물

네 회색빛 눈동자 속에
해변들

새해 첫날

새해 첫날
가장 좋은 것은 잠드는 것

하얀 설의를 입고
깊은 정적으로 솟아 있는 산!

그래도 살아 있는 것은 움직여야 한다
먹이를 찾아 헤매는
새 몇 마리

사랑에 실패한 이를 위로하는 시

오늘보다 내일이 나으리라
내일보다 모레가 더 나으리라

오늘 사랑에 실패했다면
내일엔 그 상처가 아물리라

모레가 되면
새로운 사랑이 생기리라

그러므로 죽지마라
사랑 때문이라면 결코 죽지 마라

하늘 문방구에서 파는 시집
— K에게

1

하늘문방구에서 파는 시집을 펼쳤더니
다음과 같은 시가 나왔다, 여기
첫눈에 반하는 사랑을 믿지 못하는
이들을 위해
그 첫 번째 시를 옮겨놓는다

2

단순해지리라
지금보다도 훨씬 더 단순해지리라
첫눈에 반하는 사랑을
무조건 믿으리라

암초와 허전함과 서늘한 별빛,
술취한 밤들,
맨숭맨숭 지나가는 일요일 저녁들은
오래도록 나의 목록이고
오만한 무심과 천진난만한 풍요,

빡빡한 일정, 삶의 미풍과 부,
망설임 없는 결정들,
더 많은 시작을 품은 아침들은
그대의 것이니

나는 단순해지리라
더욱 단순해져
첫눈에 맹목의 사랑으로 눈 먼
한 마리 열목어가 되리라

첫 눈

첫눈이 온다 그대
첫사랑이 이루어졌거든
뒤뜰 오동나무에 목매고 죽어버려라

사랑할 수 있는 이를 사랑하는 것은
사랑이 아니다

첫눈이 온다 그대
첫사랑이 실패했거든
아무도 걸어가지 않은 눈길을
맨발로 걸어가라
맨발로
그대를 버린 애인의 집까지 가라

사랑할 수 없는 이를 끝내 사랑하는 것이
사랑이다

첫눈이 온다 그대
쓰던 편지마저 다 쓰지 못하였다 할지라도
들에 나가라

>

온몸 열어 저 첫눈의 빈들에서
그대가 버린 사랑의 이름으로
울어보아라

사랑할 수 없는 이를 사랑한
그대의 순결한 죄를 고하고
용서를 빌라

감자를 기리는 시

유월이면 우리들은 설레며 땅속에서 둥글게 커가는 감자들을
기다렸다 꽃은 상처였다
상처 없는 자 꽃을 피울 수 없고
꽃피울 수 없는 자 열매 맺을 수 없었다

유월이면 우리들은 설레며 땅속에서 둥글게 커가는 감자들을
기다렸다 열매는 죽음이었다
죽음 두려워하는 자 열매 맺을 수 없고
열매 없는 자들 새로운 꽃 피울 수 없었다

단 한번의 혼례로 둥글어지고
땅의 부富를 단번에 그러모아 더욱 단단해지는 감자들!
나날이 커가는 우주의 씨앗들!
알알이 너무 크지 않게 부풀어오르는 땅속의 태양들!

유월이면 우리들은 설레며 땅속의 감자들이
둥글게 커가기만을 기다렸다

냉동창고

마지막으로 너와 함께 칼국수를 먹고
헤어져 돌아오는 길에
흰 눈이 쏟아진다

헤어진다는 것은
다시는 너를 못 본다는 의미이다
헤어진다는 것은 다시는
너와는 성교를 나눌 수 없다는 것이다
헤어진다는 것은 다시는
한쪽 젖꼭지가 함몰한 네 젖가슴을 볼 수 없다는 것이다

무너지지 않는 것들은
무너지는 것들에 대한 모독이다
싸늘히 식은 네 마음보다 먼저
흰 눈발 속에 암암히 묻혀 사라지는
길 끝의 냉동창고

마지막으로 너와 함께 칼국수를 먹고
헤어져 돌아오는 길에
흰눈이 쏟아진다

마지막 사랑

사랑이란
아주 멀리 되돌아오는 길이다
나 그대에 취해
그대의 캄캄한 감옥에서 울고 있는 것이다

아기가 하나 태어 날 때마다
별들도 하나씩 생겨난다

바람 부는 길목에 그토록 오래 서 있었던 까닭은
돌아오는 길 내내
그대를 감쌌던 내 마음에서
그대 향기가 떠나지를 않았기 때문이다

사랑이란
그렇게
아주 아주 멀리 되돌아오는 길이다

우리는 어제까지 사랑했었죠

나는 깨닫지 못했으니
기억이 불의 질료라는 것을

회양목, 새벽달, 조약돌, 조용한 꿈

사랑은 그렇게 흐르는 것들
속에 있으니
그것들의 일체를 딛고 타오르는
초여, 밝혀라!

몸 안의 붉은 달을 혼자 키워가는 것,
그것은 비애다

태워라! 남김없이!
기억을
단 한번 거머쥐었던 찬란한 불멸의 죄를

마침내 온몸이 녹아내린다
녹아내린다
녹아
내린다

실패한 인생엔 상자가 없다

이 저녁 누군가 문설주에 기대
울고 있다면
내 탓이라고 알아다오
이 세상 어느 것 하나라도
나와 무관한 것은 없다

이 아침 감꽃이 마당에 함부로 떨어져
나뒹굴고 있는 것은
내 탓이다,
나의 후덕함이 모자랐기 때문이다

처음 만나는 새들에게
어깨를 툭 치고 스쳐가는 바람에게
상냥한 미소를 지어 보이지 못했기 때문이다

내가 상냥한 미소를 짓지 못했던 것은
아아 이 아침
인생의 쓰디쓴 실패를 자인한 탓이다
내가 가졌던 상자들을
모두 잃어버린 탓이다

>

상자마다 피어나는 꽃들
상자마다 가득했던 별들
상자마다 가르릉거리는 예쁜 새끼고양이들

이제 내겐 상자가 없다

2부

어머니는 늦게 돌아와서
내 어리석음을 책망하리라

내 서랍 속의 바다

1

계집애야 계집애야
걷는 것이 힘들면 날짐승 되어 날자
이빠진 엽차 잔에 보리차를 마시고
자꾸만 웃질 말아라

2

어두운 골목에서 훔친 애인의 입술
가슴 두근댐
길모퉁이 돌아설 때 부딪힌 바람
뜨뜻해진 뺨
쓰린 위 때문에 들른 약국
떨리는 손
닫힌 문

편지봉투를 사던 문방구와 돌아 나오던 우체국들
아직 소란한 술집들의
그 많은 저녁들

>

오월의 어둔 골목길 바닥으로 발소리 죽이며
뛰어내리는
라일락꽃 향기 속에서
내 마음 분별없이 뚜껑이 열려버린다

그 집 앞

3월의 저녁에는 개들을
기다리지 말자
더 이상 3월에는 휘파람을 불며
개들을 기다리지 말자

어머니가 돌아오지 않는다면
빈 시금치밭 언덕에 서서
냉혹한 슬픔을 견디자
내 울연히 살지 못했음을 고백하면
어머니는 늦게 돌아와서
내 어리석음을 책망하리라

겨울 저녁 6시면
세상의 지붕들은 한없이 낮게 엎드린다
한적한 숲길에
신의 옷자락도 언뜻언뜻 비치다가 숨는다

아, 닫힌 문 뒤에서
넌 무엇을 기다리느냐
3월 저녁 6시에
넌 무엇을 기다리느냐

달의 이면

천지사방 고요하고 쓸쓸하다
내 슬픔에
웬 느닷없는 청산가리냐

아름드리 은행나무 황금빛 잎만 자꾸 떨구고
거기 아무도 없는가
세상에 날벼락 같은 이 적막함
왕릉을 돌아 나오면
짙은 안개 속을 지나가는 차들은 엉금엉금 기며
낮게 낮게 기침을 토하고 있다

고통으로 가는 길 끝엔
언제나 독처럼 달디단 잠

잠깨면 이 가을 청산가리 슬픔 속에서
미칠 일 하나뿐이다
아주 미쳐버리면
다른 별로 가자

저 다른 별에도 종말은 있으리라
우리는 새끼는 낳지를 말자

우체부

에덴동산에서 하와가 금지된 과일을 따 내리는 찰나
우체부는 인류에게 없어서는 안 될
고귀한 직업이 되고 말았다

우체부란 직업을 가진 사람들은
그들의 선량함과 상관없이
감금된 새들을 공중에 풀어놓았다가 밤이면 거두시는 하느님과
이웃하며 산다

6월에 만난 소녀와 사랑에 빠져 온몸으로 기쁨이었지
오, 나는 노래!
나는 불꽃!

(기억하는가, 그녀의 손에 들려졌던 시든 꽃을!)

8월에는 그만 소녀에게 버림받고
내 심장은 불타버렸지
우체부는 의기소침한 나를 위로하며
아직도 인생의 깊이를 헤아리지 못하는
내 손에
검은 빵을 쥐어주고 갔지

우리에게 더 좋은 날이 올 것이다

너무 멀리 와버리고 말았구나
그대와 나
돌아갈 길 가늠하지 않고
이렇게 멀리까지 와버리고 말았구나

구두는 낡고, 차는 끊겨버렸다
그대 옷자락에 빗방울이 달라붙는데
나는 무책임하게 바라본다, 그대 눈동자만을
그대 눈동자 속에 새겨진 길을
그대 눈동자 속에 새겨진 별의 궤도를

너무 멀리 와버렸다 한들
이제 와서 어쩌랴

우리 인생은 너무 무겁지 않았던가
그 무거움 때문에
우리는 얼마나 고단하게 날개를 퍼덕였던가

더 이상 묻지 말자
우리 앞에 어떤 운명이 놓여 있는가를

묻지 말고 가자

멀리 왔다면

더 멀리 한없이 가버리자

잊자

그대 아직 누군가 그리워하고 있다면
그대는 행복한 사람이다

그대 아직 누군가 죽도록 미워하고 있다면
그대 인생이 꼭 헛되지만은 않았음을
위안으로 삼아야 한다

그대 아직 누군가 잊지 못해
부치지 못한 편지 위에 눈물 떨구고 있다면
그대 인생엔 여전히 희망이 있다

이제 먼저 해야 할 일은
잊는 것이다

그리워하는 그 이름을
미워하는 그 얼굴을
잊지 못하는 그 사람을
모두 잊고 훌훌 털어버리는 것이다

잊음으로써 그대를

그리움의 감옥으로부터 해방시켜야 한다
잊음으로써 악연의 매듭을
끊고
잊음으로써 그대의 사랑을
완성해야 한다

그 다음엔 조용히 그러나 힘차게
다시 일어서는 것이다!
다시 일어서는 것이다!

그녀의 지느러미

너는 옷도 다 벗지 않은 채 침상에 길게 누워 있다. 네 하얀 침상은 별들의 깊이를 알 수 없는 어두운 무덤 한쪽 팔과 검고 긴 머리칼은 엄격한 규율에 따르는 수도승처럼 한없이 낮은 곳으로 흘러내린다. 오, 그렇게 물처럼 바닥으로 흘러내린 너의 검은 머리칼과 더 이상 움직이지 않는 시침時針. 죽음을 향해 무방비하게 내던져진 너의 희고 긴 팔! 너의 생의 모든 비밀이 감은 눈의 속눈썹에 매달린다. 네 한숨이 밤의 어둠을 비로소 어둠으로 만들 때 죽음도 차마 너를 비켜간다. 너의 하얀 젖가슴은 노래하지 못하는 한 쌍의 벙어리 종달새. 그것은 수줍게도 반만 드러나 있다.

하지

하지예요 서둘러 바다로 달려왔지요 바다는 여전히 자비로워요 아아 노을 번지듯 내 가슴은 그대 그리움으로 에이는 듯 하지요 내가 그대를 독점하려고 했던 것일까요 그것은 나쁜 욕심이었을까요 잠에서 깨어날 때마다 가장 가까이에서 그대를 느끼려고 했던 것은 너무나 큰 꿈이었을까요 말해줘요 오늘은 하지 특별한 날이에요 그대의 침묵이 가장 길게 느껴지는 날 내가 그대를 태양의 빛 속에서 가장 오래 볼 수 있는 날이라구요 그러나 그대는 너무 눈부셔서 바라볼수록 눈물이 나요 그대를 사랑했던 것은 내 인생의 처음이자 마지막의 진보였어요 돌이킬 수 없는 혁명이었어요 처음 그대를 보았던 순간 내 가슴은 아름다운 낙원이었지요 그 낙원은 곧 상처였어요 바람이 불면 온몸이 아프고 비가 오면 덧나는 상처예요 몹시 힘들었어요 하지만 나 지금 사랑은 온몸을 던져 얻는 상처라는 걸 알았어요! 첫눈이 온 날 미친 듯이 거리를 헤매다녔지요 한 해 중 가장 긴 날이 저물고 있군요 어둠이 저 바다의 일렁이는 이마를 가만히 짚고 있군요 그만 자라고 타이르 듯이 오늘은 하지 낮이 가장 긴 날 그래서 당신의 밤잠이 짧을 수밖에 없는 날이에요 어둠 속에서 파도는 상냥한 애인처럼 저 혼자 왔다가 물거품만 남기고 서둘러 물러나지요 나 아직 어두운 바닷가에 혼자 있어요

입맞춤

너는 봉인된 편지
입맞춤으로
네 몸의 적멸보궁 네 몸의 편지를
꺼내 읽는다 그 바닷가다
바닷가의 바람에는 소금이 녹아 있다

바람은 따뜻하고 우리는 따뜻한 바람
속에 서 있다
이 바람 속에서
일체의 꿈들을 중절당한 내 몸이
낱낱의 원소로 해체될 때까지
나는 서 있고 싶다

벼랑 끝까지 가본 자만이
바다를 본다
절망해본 자만이 사랑을 안다
나는 이 바닷가에서
너와 처음으로 입을 맞춘다

오오 너는 언제나 밤보다 빨리 온다

바다는 잠잠하고
너는 꿈틀댄다 바람의 정령들도
우리의 입맞춤을 시샘한다

내 입술과 맞닿은
네 수정의 입술에서 핀
일곱 송이의 황금빛 수선화꽃 지고
아침과 이슬이 진다

너는 한 번도 가보지 못한 신의주
너는 손길이 닿지 않는 수평선
너는 새빨갛게 타오르는 노을
너는 창 밑 화단에 떨어진 사르비아 꽃잎
너는 사막
너는 죽음

하지만, 하지만, 너는 아직
태어나지도 않았나?
오래 굶주린 내 피는
소리를 지른다

양말

녹색 잎을 가득 매단 나무 아래
두 사람이 서 있다
나무 뒤로 집이 한 채
집 뒤로는 새 한 마리 날지 않는 검푸른 하늘
다시 나무 아래
퀭한 눈의 창백한 남자와 볼이 빨간 여자
그들은 마주보고 있다

네 늑골 밑에서 나는 새들
네 관자놀이에서 동면에 드는 곰들
네 머리칼에서 토굴을 파는 늑대들
네 허리께에 부화되지 못한 알들

넌 내게 양말을 내미는데,
이것은 하염없는 생이 주는 선물이다
야생 염소를 위해 털실로 짠 숙박업소
자폐증 소년에게 건네는
경이롭도록 가벼운 새의 몸통

희망이 없다면 절망이다!
절망도 없다면 양말이다!

빈 집

내게 모든 책임을
물어다오
누군가 내다버린 개숫물이 얼어붙은 길바닥에서
운 나쁘게 나뒹군다면

공기는 노랗고 축축하고 따뜻하다
현관에는 누군가 벗어놓은 신발들이 널려 있고
집은 밭은기침을 하곤 가르릉거린다
창문 아래로 노란 달이 뚝뚝 지고 있다

나는 다리 난간을 붙잡고 물을 보고 있다
노랗게 번쩍이면서 흘러가는 물
이상하게 춥고 밝은
12월의 저녁이다

11월의 여관

헤어져야만 되는 헤어질 수밖에 없는
연인들이 묵어가는 방,
이 하염없는 바람의 방,
이 혼음의 방 이 약탈자의 숙소,
이 우연의 장소에 이면이란 일절 없다

열세 마리의 새들이 날아든 기적,
새들은 가슴에 둥지를 틀고
알을 낳았다 그 산란의 날들을
나는 조용히 헤아리며 의자에 앉아 있는 것이다

일곱 마리의 새들은 서서히 죽어갔다
부서진 둥지
깨진 채 뒹구는 알들

냉담해진 채 어둔 창밖을 바라보고 서 있는
그대의 등 뒤에
과거라는 황막한 벌판이 있고
그 벌판을 흔들고 가는 바람 속에
나는 서 있다

>

이 밤이 새고 나면
헤어져야 한다!

슬픔을 이기고 날아가는 새들
여섯 마리의 새들이 한 방향으로 날아가는 십일월의 새벽 풍경을
본다,
11월의 새벽 여관방에서!

도망가는 말

햇빛이 빗방울처럼 톡, 톡, 톡 유리창을 두드리고 쳐들어온다 창턱에 놓인 선인장 가시에 찔린 영롱한 햇빛은 공중에서 주춤하며 제 투명한 상처를 들여다본다 환한 햇빛을 받고 돛폭처럼 한껏 부풀어오른 하얀 커튼 넘실거리는 햇빛의 방에 이미 너는 없고 고즈넉이 피어오르는 하얀 담배연기만 있다 너의 심장병도 너의 빈혈증도 어둡고 푸른 밤도 없다 지워진 네 얼굴 도무지 버릇이라곤 없는 잔인한 아이도 없다 단순하게 죽음보다 단순하게 살아 있다 아아 소심함으로 우두커니 서 있던 내 입술을 누르던 너의 입술 내 불행을 빨아들이던 너의 흡반 그토록 축축하게 젖은 네 입술도 없다 까르르 웃음을 터트리며 나비수집벽과 월경주기를 말하던 너의 푸른 입술 너는 도망가는 말 붉고 가는 테가 쳐진 옷소매 속에 숨은 연약한 팔에 나는 갇힌다 완강한 운명 속에 나를 가두던 너의 팔 환한 방에 더 이상 말은 살지 않는다

슈가 슈가

너는 발가벗은 채 서 있고
나는 발가벗은 네 뒤에 누워 있다
오, 어쩌면 삼십 분 전쯤에
죽음의 숙주에 불과한 네 몸이
새 생명을 수태했을지도 모르고

땅을 향하여 내려뜨려진 두 팔은
지면과 수직을 이루고 있고
왜 땅을 향하여 내려뜨려진 팔은 슬픈가!
침대에 누워 있는 내 몸은
아주 오래된 지평선과 수평을 이루고 있고

네 젖가슴과 배꼽과 음부는
정면을 향하여 있고
나의 팔은 속수무책으로 지면을 향하여 흘러내린다

바닥을 딛고 서서 너는
웃고 있는데 다만 웃고 있는데
푸른 침대에 봉제인형으로 누워 있는
나는 눈을 감는다

오솔길

골짜기로 내려가는 좁은 길에 서 있다

인생의 많은 망설임들로
잎잎들은 서걱거리고
해는 지평선 너머로 넘어간다

수만 번도 더 왔던 낯선 너무나 낯선
황금빛 저녁

바람이 지나간 뒤 세상이 고요해지면
나도 고요해지리라
종일 햇볕에 깨끗하고 하얗게 말린
내 뼈도 고요해지리라

정말 조그만 빗방울들이
기적처럼
네 흰 발목을 적시며 온다, 오솔길 위에

아아, 이제 흐르는 물 위에
우리들의 집을 지어도 좋다

3부

너는 내 팔 안에서 울고 있다

늑대

눈이 그친다 파랗게 달이 뜬다
바람이 대지의 갈기를 하얗게 세운다
폐활량이 커다란 검푸른 하늘이
지상의 소리들을 한껏 빨아들인다

그래서 조용했나? 너희들이 잠자는 동안에도
죽음은 희디흰 뿌리를 내리며
소리없이 자란다

하얀 대지의 속살 위에 나뭇가지의 검은 그림자들이
흔들렸다 저기 움직이는 것이 있다!

저기 살아 있는 것이 있다!
죽음이 번식하는 밤에
무언가 나뭇가지의 검은 그림자들 사이를
지나갔다 죽음보다 빠르게!
죽음의 손아귀를 빠져나가는 저 날렵한 몸짓!

몸통에 바람의 날개라도 달았던 것일까?
너무 빨랐다 눈밭에 점점이

발자국이 남는다
발자국은 움직이지 않는다
파아란 달빛이 그곳에 고인다

가방

오류였다고 말하지 마
예기치 않은 실수였다고

아아 하늘에 떠 있는 말의 흉골
상심한 비둘기들
금강초롱꽃 들고 서 있는 나의 신부

다시는 변명하지 마
속수무책이었어 불가항력이었어라고
변명하는 것은 맨 정신

스산한 바람이 몰고 온 정신의 공황
황혼이다 누군가 처음으로 제 목숨을 버린다

여전히 말의 흉골은
산 능선 위의 하늘에 떠 있어
비둘기는 날지 않았어
금강초롱꽃이 하늘 한켠에 시든 채 버려져 있었어

하늘에 번져가는 피

붉은 피

바람이 불고 어둠이 오는데
죽은 비둘기 깃털로 가득 찬 낡은 여행가방은
구멍이 나 있었어
그 구멍으로
물병자리의 인생은 하염없이 새나가고 있었어

목요일 저녁 6시

이미 잊혔어 결국
잊지 못하는 것은
너와의 교미에 대한 추억
수시로 체위를 바꾸던 쾌락의 날들
내 등에 손톱자국을 남기며
조바심치며 비명을 지르던 너
네 자궁은 생산이 없는 불임의 자궁
그곳엔 끝내 알이 슬지 않는다

지금 혼자 마시는 내 술엔
너와 목요일 저녁 6시가 없다

하지만 목요일 저녁 빛과 어둠의 중간
그 어슴푸레한 회색의 시간 속에
너와 네가 있다
너와 나의 사원寺院이 있다
수요일의 붉은 장미는 시들고
테이블 위의 케이크는 상했다

네 우울한 생일

지켜지지 못한 약속
저녁 6시는 지나간다
생은 우연의 조작에 지나지 않는다
나는 네 하얀 허벅지를 핥을 뿐

네 하얀 허벅지엔
스무 개의 죽은 조개와
삶의 흑막이 숨어 있으니까

모든 것은 떠나가고
모든 것은 잊히지 않으니까

결국 잊지 못하는 것은
잊지 못하리라는 것을
목요일 저녁 6시에 깨닫는다

백일몽

찰나의 공황이다
코끝을 훅 하고 스쳐가는 흙비린내
비 갠 뒤 떠오른 무지개다
네 손은 죽은 새를 쥐고 있다
그건 보리수가 아냐
그건 죽은 새에 지나지 않는다
죽은 새를 버려!
그러나 넌 듣지 못한다

넌 벙어리 넌 귀머거리
네 손에 들린 새의 몸속에는
하얀 구더기들이 꿈틀댄다

그것들이 파먹고 있는 것은
너와 나의 낭랑한 별
너와 나의 우울한 꿈
곧 태어날 너와 나의 아기

난 어리석었다 난 아무것도 모른 채
네 탐스런 젖가슴을 손에 쥐고 잔다

아기가 빨지 못한 여분의 젖으로 퉁퉁 불은
네 젖가슴을 꼭 쥐면
네 젖가슴에선 눈물처럼 흰 젖이
방울방울 떨어진다

이것은 흑연의 잠
이것은 찰나의 공황
이것은 흙비린내
이것은 캄캄한 죽음!

물고기

싸리꽃을 들고 서 있는 신부는 모른다 헛된 기다림이 생을 부식시킨다는 것을 겨울 하늘에 번져가는 싸늘히 얼어붙은 물고기의 피 땅에 떨어져 있는 것은 죽은 짐승의 그림자들 어딘가 겁에 질려 바닥에 납작 엎드려 소리 죽여 흘러가는 물소리 물소리

노란 안개가 끼여 있는 강변엔
몇 그루의 벙어리 활엽수들

엄마는 내게 왜 여자옷을 입혔을까 엄마는 왜 내 희미한 눈썹을 길고 검게 그렸을까 물 빠진 늪바닥에 하얀 물고기들이 퍼덕거렸다 나는 해 저문 늪 바닥에서 물고기들의 펄럭거리는 심장을 주웠다 엄마는 내가 주워온 물고기들을 쓸데없는 것이라고 버렸다 엄마 엄마 구멍 뚫린 속옷을 입은 엄마 어리석은 그녀는 그때 자신의 아들도 함께 버렸음을 알지 못한다 그녀가 나를 버렸으므로 나도 그녀를 버렸다 나는 크고 헐렁헐렁한 옷을 입은 스무 살이다 비를 맞으며 처음으로 쓰디쓴 술을 마셨다 나는 건달이었고 명실공히 건달다워지려고 도박을 배우고 거리에서 세상을 속이는 법을 익혔다

종일 열리지 않는 창문 너머에

창백한 신부

노란 안개가 자욱하게 번져가는 강변엔
검은 외투의 사나이 혼자 서성이고

풀

수면이 부족한 나날을 뒤로 하고
새벽 물가에 선다
대기를 자욱하게 메우고 흐르는
저 작고 가볍고 축축한 물의 혼들 앞에서
지하세계를 밟고 선 나는 밀랍인형에 지나지 않는다

인적을 눈치 챈 물새가 잽싸게 튀어
달아난다, 살아 있는 것들은
늘 작은 기미에도 민감하게 반응하는 법
물새의 항적에 따라 파문이 일고
그 순간 안개 너머
둔덕을 덮은 초록 풀들을 경이의 눈으로
바라본다, 피와 내장을 버리고
오직 초록 일색으로 번져 있는 풀들!

시체들이 즐비한 땅의 거죽을 뚫고
솟아나는
저 생생한 삶의 숨은 진상들!

오래도록 풀은
내 인생의 화엄경이다

달

애초에 질척이는 길을 가려고 한 것은
아니었다
하지만 어쩔 수 없었다 나는
아직도 사춘기를 벗어나지 못했다

검은 그림자들이 우쭐우쭐 춤추는
그 길을 지나야만 했다

들 한가운데를 뻗어나간 음험하고 황량한 길
움푹 패인 수레바퀴자국마다
살얼음이 끼었다

만월의 달이 뜬다
달이 환한 길을
저 혼자 가고 있다

나무들

내 팔 안에서
너는 울고 있다
네 몸통의 슬픔이 바닥날 때까지
너는 운다

네 울음을 끝까지 안고 있기엔
내 팔은 힘이 없다
울음은 우리들의 생만큼 생생하고 길고 지루하다
울음이란 울지 않는 것들을 향한 경배

하늘이 그렇듯이
네 몸은 텅 빈 비둘기장처럼
가볍다
빈 비둘기장에 공허하게 날리는 깃털들!
죽음은 늘 그렇게
제 부피를 한없이 넓힌다

네 몸에서 떨어져 나온 하현달이 떠 있다
네 몸 속의 많은 깃털들은
하얀 구름이 되고

>

보라, 저 구름의 구릉에

뿌리를 박고 서 있는

앙상한

겨울나무들!

밤인사

우리는 헤어질 사람이 나누는
인사를 나누자

네 몸속에 학살당한 사람들
네 몸속에 썩어가는 과일들과 붉은 모래
네 몸속에 깃털 빠진 비둘기

죽음으로 하얀 잠옷을 지어 입은 너는
천진스럽게 웃는데

네 잠옷 앞자락엔
고름과 피가 묻어 있는데

어제까지 모욕인 생을 접고
헤어져야 할 시각

이제는 흰 벽 앞에서
가볍게 안녕! 하고 돌아서자

헌책방

동대문 밖 경희대학교 정문 앞 좌측으로 첫 번째 뻗은
골목 끝집 회기동 150번지 단칸방,
내 신혼의 방
한편으로 한가롭던 실업의 날들
날마다 시립도서관 참고열람실에서
생활과 무관하게 쓸데없는 책이나 읽었다

슬리퍼를 끌고 슬슬 동네를 산책하다가
들어간 시장통 입구의 헌책방
오래된 지혜들이 함부로 쌓여 있던 헌책방

세발자전거 줄 끊어진 기타 소리 나지 않는 하모니카 바이올린 낡은 구두 스케이트 고장난 라디오 누가 쓰다 버린 가계부 그릇들 인조가죽가방 액자 전화기……
모든 사라져가는 것
바스러지는 것
부서지는 것들이
거기 모여 한 마을을 이루고 있었다

이것들은 잊히는 시간들,

사무치는 주검들
우리도 한 번은 사라져야 할 운명을 타고났다
누구도 시간이란 악덕 포주의 손아귀를
벗어날 수 없는 것이다

헌책방을 나서자
다 늦은 저녁 시장통 밥집 간유리창에서 비치는 불빛에
짧은 혀의 빗발들이 가는 울음소리를
내며 내 뒤를 졸졸 따라온다

단칸방으로 돌아가는 길
상점에 들러
분유 한 통을 사는 일은 가장으로서의 최소한도의 의무이다

매미

제발 제발 울음을 그쳐줘
산발한 네 머리
맨발로 거리를 내닫던 네 얼굴의 절망을
그만 보고 말았어

울음이란
종족보존 욕망의 끝에서 파열하듯이 터져 나오는
집요한 생명의 몸짓
네 몸을 포박하고 있는 서글픈 본능

자주 낮잠에 빠지던 저녁 황혼
아아 잠 깨면 막막해서
벽에 애꿎은 머리만 박던
나는 안다, 네 맹렬한 울음이
생이 네게 부여한 한 순간의 은총이라는 것을

제발 제발 울음을 그쳐줘
죽어도 피 흘리지 않는 폐차처럼 살아줘
울지 말고 해탈해줘
울지 말고 조용히 흙으로 돌아가 줘

개나리꽃

짧게 내리던 비 그친다
봄밤 주공아파트 작은 둔덕 아래
아무 슬픔도 없는 것들이 모의하듯이
무더기로 피어 있다
개나리꽃 무리지어 핀 지 며칠이 지났는데
눈에 들어오지 않았던 거다
빗속에서 개나리꽃들은 밀려오는 어둠을
힘겹게 밀어내고 있다
개나리꽃은 왜 저렇게 피어나 있는 것일까
노란 꽃덤불에 마음마저 환해져
넌 누구니? 난 요즘 사랑에 빠졌단다!
노란 개나리꽃 덤불 앞에서
혼자 묻고 혼자 동문서답한다

기차

어두운 터널을 지나자 바로 눈 쌓인 마을이다
며칠째 폭설을 뚫고
기차가 달린다

먹이를 구하지 못한 새들이
낙과落果처럼 뚝, 뚝 떨어지고
폐기종의 마른 말은 마구간에서 새끼를 낳는다

시를 꿈꾸던 머릿속에
증오는 구름처럼 번지는데!

그래, 참 오래 시를 쓰지 못했다
시를 작파해도 좋겠다는 생각이 떠나지를 않았다

변이세포로 종양 덩어리가 되어버린 마음
몸통 속에서
포효하며 몸부림치는 짐승들!

푸짐하게 내려 쌓이는 눈을 뚫고
기차는 며칠이고 달린다

벌써 산간 마을들은 고립되었다

모든 금기들을 위반하는 기차여
핏줄 속에서 꿈틀대는 모든 기차여
철로도 없는 허공을 달리는 짐승이여 검은 상어여

내 안의 짐승과 검은 상어를 방목하기 위해
눈의 나라로 가고 있는 중이다

기차는 8시에 떠난다

— 불행에게

부탁이니, 이제 그만
나를 떠나줘!

일생을 헛되이 소모해버릴 것만
불길한 예감들과 싸워왔어

사막을 간 자는
사막이 되고
달빛 아래 걸어간 자는 달빛이 되고

매일매일 이 희망 없는 삶에 대한
모반만을 꿈꿔왔어

나를 구원할 수 있는 사람은
나 자신뿐이란 걸
결국은 알고 말았지

내 인생의 시침은 9시에
맞춰놓았어, 그러니 이제 그만
나를 떠나줘!

새를 노래함

모든 독자는 미래의 작가라는 걸
나는 믿었지
그랬으니 책을 그렇게 열심히 읽었지
그랬으니 고물상에서 구한 낡은 타자기를 그토록 열심히 두드리며

밤새 무언가를 써내려갔지
아무도 읽어주지 않는
장시長詩가 태어났고
나는 부끄러워하며 그것들을 서둘러 불태웠지
시립도서관에서 책들을 읽고
타자기는 타타타타 끝도 없는 길을 달렸지
무언가를 쓰고 태워 없애는 일이
반복되었지 내 스무 살 때

희망보다는 절망이 더 많았을 때
내 옆엔 새가 있었지
새에게는 아무것도 줄 것이
없었지 나는 괴로움 때문에 술을 마시고
상냥한 새를 괴롭혔지

내 모든 작품의 첫 번째 독자였던 새는
어느 날 날아가 버리고
그 뒤로 몇 년이 지나갔지

그토록 꿈꾸었던 작가가 되었지만
나는 행복하지 않았지
새와 가끔 갔던 곳을 일없이 서성거리거나
레스토랑에 몇 시간씩 멍청하게 죽치고 앉았다가
돌아오는 날도 있었지

어느 날 새는 갑자기 전화를 했지
여기 정신병원이야! 라고 낯선 목소리를 남기고
새는 다시 연락하지 않았지 그것으로 끝이었지
또 세월은 흘러갔지
나는 말라버린 우물 밑바닥에 갇혀
언제까지나 날개를 퍼덕거리는
꿈속의 새를 생각하지

내 스무 살 때

참 한심했었지, 그땐 아무것도
이룬 것이 없고
하는 일마다 실패 투성이었지
몸은 비쩍 말랐고
누구 한 사람 나를 거들떠보지 않았지
내 생은 불만으로 부풀어 오르고
조급함으로 헐떡이며 견뎌야만 했던 하루하루는
힘겨웠지, 그때
구멍가게 점원자리 하나 맡지 못했으니

불안은 나를 수시로 찌르고
미래는 어둡기만 했지
그랬으니 내가 어떻게 알 수
있었을까, 내가
바다 속을 달리는 등푸른 고등어 떼처럼
생의 가장 아름다운 시기를 통과하고 있다는 사실을
그랬으니, 산책의 기쁨도 알지 못했고
밤하늘의 별을 헤아릴 줄도 몰랐고
사랑하는 이에게 사랑한다는 따뜻한 말을 건넬 줄도 몰랐지

>

인생의 가장 아름다운 시기는 무지로 흘려보내고

그 뒤의 인생에 대해서는

퉁퉁 부어 화만 냈지

4부

애인들은 창 아래로 깔깔거리며 지나갔지요

새들

게으른 산보객이 발길을 멈추고
본다, 비 온 뒤 끝 축축한 공기 속에서
아가미를 벌렁이며 숨쉬는 샛길 푸른 비자나무들과
경비행기처럼 새까맣게 떠 있는 잠자리 떼
예닐곱 마리 새들이 쏜살같이 달려가며 허공에 남긴
칼금처럼 날카롭고 선명한 흠집들을.

갈비뼈 아래 심장은 고요히 펄럭거리고
내 생은 타버린 지붕과 조화뿐이야.

이 길은 언젠가 스쳐갔던 길이다.
손아귀에 거머쥐었던 바람 몇 올 공중에 풀어놓고
산보객은 탄식하듯 낮게 중얼거린다.
내 삶은 흠집투성이였어
나는 한 번도 날개를 가진 적이 없었어.

허나 새들은 결코 반성하지 않는다,
반성하지 않는 것들은 모두 싱싱한 날개를 가졌다.

하오 3시 30분 양재천변 일대 회색 하늘에
행복한 새들은 없다.

잎사귀

바람 속을 유영하는 저 아가미 없는 물고기떼
햇빛이 물고기의 실핏줄을 환하게 비춘다
한낮 공원 운동장의 정적은 하얗게 비등점을 향해 끓고
달팽이들은 상습 체납자 주제에 그늘에 숨어
교미를 한다
비와 햇빛을 탐욕스럽게 빨아들이고
길게 자란 유월의 풀밭
나는 나무의 푸른 그늘 아래 앉아
흘러가는 엷은 구름 그림자를 응시한다
누가 버린 봉제인형이 몸을 반쯤 감추고
집적거리는 바람의 손길을 피해 숨어 있다

망치는 자주 목표물을 벗어나 손등을 때리고
내가 가리킨 방향의 땅에서는
마른 먼지가 일었고 내가 떠나려 할 때
차표는 매진이었다
그러니 길 밖의 길을 서성거리는 것은 언제나
하염없는 자들의 몫이다
전생에서 막 나온 것처럼 창백한 나는
거듭되는 불운에 고개를 흔든다

>

저 초록의 것들은 지느러미도 없이 바람의 여울목을 유영해
간다
푸른 그늘이 얼마나 큰 위안인가를
불운의 왕들보다
더 잘 아는 이는 없다

햇빛만이 내 유일한 정부

첫사랑에게 버림받은 뒤 오래 실의에 젖어 있었지요 몸 안에서 커가는 달을 관찰하며 세월을 보냈지요 달은 만삭이 되었다가 줄어들고 다시 야위어갔어요 오래 달을 보고 있노라면 눈에서는 눈물 대신에 달빛이 흘러나왔지요 내가 모포를 뒤집어쓰고 누워 있는 동안 애인들은 창 아래로 깔깔거리며 지나갔지요 나는 애인들의 웃음소리를 들으며 감히 변심한 그녀들을 향한 복수를 꿈꾸었지요 나는 사자의 명부冥府에서 천천히 걸어 나와 햇빛을 유일한 나의 합법정부로 삼았어요

더 이상 몸속에서 커졌다가 줄어들기를 반복하는
달은 보지 않기로 했지요

햇빛으로 지은 검은 외투를 걸치고 나서면 사람들은 나쁜 풍문의 주인공을 향해 손가락질하지요 그러나 나는 당당한 이교도 그런 것 따위는 조금도 두렵지 않아요

여름은 내 인생의 성시盛時
혈관에 스며드는 햇빛의 향기에 매혹되어
나는 더욱더 젊은 혁명가처럼 용감해지리
거짓과 위선으로 가득 찬 사교邪教 같은 정부들을 전복하기 위해

날마다 햇빛에 투신하리

얼마나 많은 날들이 흘렀을까
지난 해의 남은 열매들과 죽은 곤충들의 날개들과 낙엽들

절인 생선을 훔쳐 바치고
더 이상 바칠 것이 없을 때
검은 외투 밑 갈비뼈 아래에서 펄럭거리는 붉은 심장을 꺼내리

저 햇빛을 위해!

봄밤

저녁은 늙은 어머니처럼 천천히 온다
빗방울 몇 개 후두둑 서둘러 그치고
담장 아래 노란 개나리꽃 덤불이 등 켠 듯 환하다
마음에 응달이 그렇게도 많았던가,
부치지 못한 편지가 들어 있는 호주머니 속에
손 넣은 채 서성거리며 그 꽃 오래 바라본다
혼자 보낸 그 많은 날들의 저녁
누구의 이름도 제대로 불러보지 못한 입술
지병처럼 품고 살아온 이름들이 별로 떠오른다
가슴 덥히며 차오르는 내 안의 기쁨
오, 젖은 빵에는 희망이 없었구나
빈 병 속에 갇혀 오는 바람, 바람, 바람 소리……
달을 가린 회색 구름들이 가득한 하늘 아래
잎 피우지 못한 나무들이
고요한 죽음을 안고 서 있다

검은 커피와 흰 우유

검은 커피를 마신다 검은 커피를 마시는 것은 나의 고색창연한 취미 검은 커피를 마시고 또 검은 커피를 마신다 거실 바닥에 떨어져 내린 아침 햇빛이 슬프다 아아 다시 잠옷을 벗고 천천히 검은 커피를 마신다 아침에도 저녁에도 검은 커피를 마신다 검은 커피가 우울증의 치료제가 아니라는 것쯤은 안다 애인과 함께 있을 때에도 마신다 어머니와 둘이 있을 때에도 마신다 거실 바닥을 닦는 늙은 어머니 얼굴에 핀 저승꽃을 보며 화를 낸다 화를 낸 것은 어머니가 혼자 사는 것에 대해 왈가왈부 간섭한 탓이 아니다 어머니는 빨리 늙고 있었다 나는 혼자가 되지 말았어야 했다 어금니 사이에 쓰디쓴 후회가 고였다 나는 서둘러 검은 커피를 후루룩 마셔버린다 어제도 마셨는데 오늘 또 검은 커피를 마신다 스무 살 때에도 검은 커피를 마셨고 지금도 검은 커피를 마신다 내가 스무 살일 때 어머니는 말씀하셨지 너도 이제 일해야 되지 않겠니? 그땐 어머니도 지금보다 훨씬 젊었었지 네 인생을 책임질 나이란다 그때 나는 화를 냈을까 어른이 되었으니 내 인생쯤은 스스로 책임져야 하는데 그때 나는 왜 불같이 화를 냈을까 그때에도 나는 혼자 쓰디쓴 검은 커피를 마셨다 검은 커피를 마시는 동안 인생의 반을 속절없이 흘려갔다 검은 커피를 마시는 동안 아침 햇빛이 거실 바닥에 흰 그림자를 길게 드리운다 나는 냉장고 문을 열고 우유를 꺼낸다

검은 커피 대신에 나는 흰 우유를 마신다

소파

나는 소파에 눕는다 나는 아침에 일어나 게으르게 신문을 읽은 뒤 소파에 길게 눕는다 나는 저녁까지 소파에 누워 있다 해는 떴다가 진다 봄이 가고 가을이 간다 채송화 달개비꽃 같은 여자들이 엽서를 보내온다 나는 소파에 누워 엽서를 읽는다 창밖으로 가지에서 떨어져 나온 잎들이 눈떠 나는 새떼처럼 날아간다 나는 아직도 소파에 누워 있다 나는 어둠이 내린 뒤 소파에서 느릿느릿 일어난다 나는 다시 소파에 눕는다 소파에는 척추를 끌어당기는 자석이라도 숨어 있는 듯하다 소파가 내 마른 몸을 안아줄 때 그것은 대지모신 나는 소파에서 잠든다 일 년이 지나고 십 년이 지나간다 나의 몸에 슨 붉은 녹들이 부스스 떨어져 내린다

여행

춥고 쓸쓸한 여정이었다, 여행의 끝에
하나의 깨달음!

인생이란
낡은 구두 한 켤레 정도의
무게뿐이라는 것

떠나버린 협궤열차를 보라
녹지 않은 응달의 잔설을 보라
고단한 날개를 퍼덕이며 하늘에 붙박인
철새들을 보라

바람에 불려가던 해가 가뭇이 진다
지상의 온기 가진 것들은
고즈넉이 날개를 접고
제 발밑에 긴 그림자를 하나씩 드리운다

마음이 아프다, 낯선 곳에서의 일박
한 해가 저물고
물 젖은 어둠이 슬픔에 깊이를 만들 때

누군가 상처받은 마음에 매다는
등불이 되리,
환하게 그의 상처를 밝혀주리

달팽이

여행자가 어디에서 왔는지는
아무도 모른다 다만
먼 길을 거쳐
왔다는 추측만 있을 뿐

여기는 차가운 시월
비가 내리고
솔방울은 뒹군다
솔숲에서 이끼가 자라는 동안
나는 내 인생의 슬픔을 젖먹이며
딸들을 정숙하게 키웠다

여행자의 옷은 누추하고
그의 얼굴은 노동자보다 더 검게 탔다
그가 떠도는 동안
바람은 끈덕진 채권자처럼
그의 옷자락을 물고 늘어졌을 것이다

그에게는 며칠분의 빵과 잠이 필요하다
그는 완연히 지쳐 있다

그를 위해 빵을 굽고 커피를 끓인다
빵은 연하고 흙 같이 향기롭다
커피는 열이틀간이나 내린
열대우림의 비처럼 신선하다

내가 여행자를 위해 할 수 있던
노동이란 그것뿐
하지만 신성한 의무
그는 수도승인 듯
조용히 빵을 씹고
검은 커피를 달게 마신다
그가 마신 것은
열대 태양의 작열하는 기운과
밤의 적막

그는 시월의 비가 그치기 전에
다시 먼 길을 떠난다
아무도 그의 목적지가 어딘지
아는 사람은 없다

해변의 의자

해변에 낡은 의자 하나 버려져 있다 저 선사시대부터 해변에 내려왔던 늙고 메마른 햇빛이 의자에 봉제공장의 늙은 노동자처럼 앉아 쉰다 머리칼은 희고 척추는 굽었다 천식이 심해지는 밤이 걸어온다 햇빛이 수척해진 몸을 이끌고 어디론가 사라지면 빈 의자는 별빛의 차지다

해변에 낡은 의자 하나

오래된 철물점

— 사라진 철물점을 위한 자동기술

못을 사러 갔다 오래된 철물점에 그런데 철물점은 온데간데없이 사라졌다! 사라진 모든 것은 죽음이다 너절하게 흘러가는 세월에 뿌리내린 해바라기다 꽃판 가득 박힌 검은 씨앗이다 유언이다 뱀이다 키가 큰 소녀의 초경이다 지금은 잃어버린 것들 첫 번째 키스 첫 번째 애인 첫 번째 실연 첫 번째 성교 첫 번째 아이 첫 번째 시집 첫 번째 죽음 어두운 바다다 너와 나 사이에 있던 철물점에는 추방된 자들의 영혼이 모여 있다 나는 늘 오래된 철물점 앞을 지나가는 것이 필생의 꿈이었다 이루지 못한 것만이 네 꿈이다 네 꿈에 나타나지 않는 색깔이다 결국 태어나지 않은 아이 종족의 유전자기호다 내용증명 우편물이다 폐간된 잡지 결코 오지 말았어야 할 내일 사라지지 말아야 할 것들은 서둘러 사라진다 어디서나 전통은 무너진다 전통은 무너져야 비로소 전통이다 우리 시대에는 철물점이 없다 남아 있어도 좋은 순결이 없다 오오 네가 헤맨 황량한 들이다 늙은 아버지다 늙은 아버지의 당뇨병이다 백내장이다 안개다 안개 안개 안개

해설

토리노의 말과 자기 연민의 황량하고 지루한 행려行旅

오태환 시인

토리노의 말과 자기 연민의 황량하고 지루한 행려行旅

오태환 시인

1889년 1월 3일 토리노. 프리드리히 니체는 카를로알베르토 거리 6번지의 자택에서 외출을 위해 문밖으로 나선다. 산책을 하거나 우편물을 가지러 갈 생각이었겠다. 그의 시선에 한 마부가 말 때문에 애를 태우는 장면이 잡혔다. 그가 아무리 어르고 달래도 말은 꿈쩍 않고 버틸 뿐이었다. 마부 이름은 주세페? 카를로? 에토레? 그는 급기야 채찍을 휘두르기 시작했다. 니체는 인파를 헤치고, 분노로 광포해진 마부의 잔인한 폭행을 말리려 한다. 그러다가 그는 갑자기 말의 목을 껴안고 큰 소리로 흐느낀다. 이웃이 그를 부축해 집으로 인도했고, 그는 이틀 내내 말없이 누워 있다가 몇 마디 유언처럼 중얼거린다. "어머니, 난 바보였어요." 그후 니체는 10년 동안 가족의 구완 아래 정신을 놓은 채 침상에서 지내다가 생을 마친다. 토리노의 말에 대해서는 더 이상 알려지지 않았다.

영화감독 벨라 타르(Béla Tarr, 헝가리, 1955~)의 「토리노의 말(LE CHEVAL DE TURIN, 2011)」 도입부의 내레이션이다. 이 영화는 구약舊約 「창세기」의 천지창조에서 모티프를 구한다. 구약의 그것이 신이 주체로 나선 우주 창조의 역동적이고 장엄한 6일간의 드라마라면, 이 영화의 그것은 객체에 머문 인간이 참을 수 없이 고단하고 지루하게 파국에 임하는 세계 종말에 관한 6일간의 극사실주의적 기록이다. 신의 창조가 빛으로부터 서곡을 알린다면, 인간의 파국은 어둠 속에서 불길한 종을 울린다.

무채색의 영화는 오른쪽 팔이 불구인 마부와 추레하고 무표정한 딸의 일상을 146분의 러닝타임 동안 시종일관 롱테이크로 따라가며 잡는다. 그 사이사이 종말의 징후를 태연하게, 정말 아무것도 아니라는 듯이 노출한다. 첫날, 좀벌레들은 58년 내내 집의 어느 구석을 갉아 먹던 짓을 멈춘다. 둘째 날은 말이 평생 해왔던 노역을 거부하고, 위스키를 구하러 방문한 이웃 사내가 세상의 부조리와 파멸에 대해 장광설을 지껄이다가 사라진다. 셋째 날, 우물을 찾아 틈입한 더러운 집시떼가 그들을 쫓아내려는 부녀에게 저주의 독설을 퍼붓고는, 섬뜩한 노래를 비명처럼 남기며 떠난다. 넷째 날에는 멀쩡하던 우물이 말라붙고, 말은 여전히 식음을 전폐하고 있다. 부녀는 마구를 챙겨 집을 떠나려 하지만, 결국 돌고 돌아 당도한 곳은 그 집이다. 다섯째 날, 오일은 그대론데 등잔불이 차례로 꺼지며 집 안은 어둠에 감싸인다. 여섯째 날, 여느 때와 다름없이 나무식탁에 마주 앉은 마부의 딸(어쩌면 마부 자신도 포함하여)은 문득 낡고 무료한 가구의 일부처럼 정지한 채 음식 들기를 부정한다.

눈길을 사로잡는 것은 너무 무심해서(부녀의 입장에서 보아) 차라리 생활의 일부처럼 여겨지는 종말의 에피소드가 아니다. 미상불 이 종말의 징후들은 서사에 느슨하고 헐거운 정당성을 담보할 뿐, 합리적이지도 필연적이지도 않은 그저 형식적 장치에 머문다. 벨라 타르가 정작 방점을 찍는 장면은 영화 상영 내내 낙엽과 흙먼지를 날리며 휘몰아치는 바람과 끝없을 듯 반복되는 단조의 처연한 배음背音, 그리고 마부 부녀의 건조한 일상이다. 감독은 6일 내내 그러려는 듯, 속옷차림으로 침대 곁에 선 마부에게 옷을 입히는 딸의 모습을 장화에서 멜빵바지, 셔츠와 재킷에 더해 외투나 망또에 이르기까지 하나도 빼지 않고 차근차근 묘사한다. 일과를 마치고 잠자리에 들기 전 옷을 벗기는 장면도 역순 그대로, 하나의 소품도 놓치지 않고 보여주려 한다. 그들의 행동거지는 마치 도돌이표에 갇힌 우울한 음부音符 같다. 그때마다 부녀는 한결같이 밀랍인형처럼 차갑고 예리한 그늘을 드리운 표정으로 침묵한 채, 서로의 눈길을 피한다. 식탁의 신도 이와 다르지 않다. 감독은 늘 질그릇쟁반의 감자 한 알이 전부인 식사 장면을, 그것도 실제 식사와 거의 같은 시간을 할애해서 몇 번이고 재생한다. 마부는 왼손을 이용해 쟁기로 땅을 헤집듯이, 한 끼니의 식사로 접시에 얹힌 감자의 껍질을 벗기고 소금통의 흰 소금을 손가락으로 집어서 친다. 그는 연신 조바심치듯이 입바람으로 손가락이 델 것처럼 뜨거운 감자를 식혀서 씹어 삼킨다. 딸의 동작도 뜨거운 감자를 후후 불면서 두 손으로 으깨 입안에 집어넣을 뿐, 마부와 별다른 차이가 없다. 감독은 시치미를 떼고 롱테이크로, 부녀의 식사 모습에 때로 번갈아서, 때로 한 화면에 카메라를 들이댄다. 이외의 시간에는 각자 쪽창을 통해 바람 부는 바깥을 망연히 내다보는 것이 그들이 가지는 패턴화한 일상이다. 그때마다 창밖에는 낙엽과 흙먼지를 날리는 바람 속, 낮은 둔덕의 경사면에서 나부끼는 벗은 나무 한 그루가 비현실적으로, 가망 없이 음각된다. 영화의 전편에 걸쳐, 부녀의 앞모습보다 뒷모습을 더욱 열중하여 포착하는 카메라워크는 그의 세계에 대한 환멸을 예리한 각도로 시사한다.

여섯째 날 식탁의 마부는 한쪽 뺨을 창백하게 반짝이며, 낡고 무료한 가구처럼 정지한 딸에게 "먹어야 해!"라는 말을 빠르고 나직이 뱉는다. 그리고 영화는 암전暗轉되면서 당혹스러울 만큼 급하게 끝을 맺는다.

니체의 일화에서 힌트를 얻은 이 영화는 인간을 향한 묵시록적 예언을 묘사한다. 니체는 '신은 죽었다Gott bleibt tot'고 선언한다. 그리고 신이 죽게 된 이유를 신의 인간에 대한 연민Mitleiden에서 찾는다. 그에 따르면 연민은 고통의 전염경로일 뿐이며, 생명과 생명에너지를 총체적으로 훼멸시킬 뿐이다. 신의 대체자로 상정한 위버멘쉬(Übermensch, 초인)는 연민을 극복하는 과정에서 탄생할 수 있다. 토리노 거리에서 낯선 말의 목덜미를 끌어안고 오열하는 니체의 모습은, 자신이 그토록 경계하고 백안시했던 연민에 자신도 모르게 빠져든 이율배반의 현장이다. 동시에 그것은 젊은 날, 도도하고 융융하게 쌓아올린 사유와 지성이 터무니없이 가볍게 붕괴되는 현장이기도 하다. "어머니 난 바보였어요"라는 마지막 발언과, 이후 붓을 꺾은 채 정신병원을 전전

하는 전기에서 확인할 수 있는 것처럼, 그의 울음은 자신의 전 생애가 실패했다는 고통스런 자각이며, 무참한 인증이다. 그러니까 니체의 울음은 그가 할 수 있는 가장 정직하고 절박한 자기 연민의 표현인 셈이다.

인간의 종말을 우의적 수법으로 그리는 벨라 타르의 작품도 이면에 인간에 대한 연민이 짙게 배어 들 수밖에 없다. 니체의 그것이 자신을 향해 비수처럼 날이 서 있다면, 벨라 타르의 그것은 인간에 대한 근원적이고 불온한 예감으로 채워져 있다. 하지만 벨라 타르 역시 자신의 서사 안에 어쩔 수 없이 포획될 인간종족의 하나라는 점에서, 그의 연민 역시 니체와 마찬가지로 자기 연민의 성격을 띨 도리밖에 없다. 영화 전편에 걸쳐, 자신의 운명을 이미 알고 있다는 듯이 불안하면서도 흉흉한 눈빛으로 일관하던 마부가, 감자 한 알을 앞에 놓은 식탁의 딸에게 던진 외마디, "먹어야 해!"는 시사점이 분명하다. 종말이 바로 문턱까지 다가와 있음을 눈치 채고 있을지언정 섭식에 집착하는 광경은, 죽은 어미의 젖을 초조하게 더듬어 찾는 어린 짐승과 같은 무목적적 지향과 욕망은, 그렇기 때문에 인간존재의 비극성을 더욱 심화시킨다. 그것은 실존주의 철학도였던 벨라 타르가 그리는 자기 연민의 가장 날카로운 찰나다. 그는 이 작품을 끝으로 영화 제작에서 일절 손을 떼고 만다.

장석주의 이 시집에서 먼저 읽히는 것은 자기 연민의 어떤 자세다. 시집의 재출간은 많은 부분 시인의 자기애적自己愛的인 태도와 관련 있다, 자기애는 필연적으로 자기 연민에 가 닿게 된다. 물론 이러한 문학외적 선입관 때문에 이 시편에서 온전히 자기 연민을 읽은 것은 아닐 터다. 시집 도처에서 발견되는 자의식의 지경은 그의 시적 모티프를 자기 연민에서 찾을 단초를 마련하면서 그것의 풍향을 시사한다. 벨라 타르가 인간존재의 견딜 수 없는 불편함과 지루함과 무의미함 속에 자기 연민을 은닉하고 있다면, 장석주는 중층적인 언어의 변경을 배회하면서 자기 연민의 속내를 드러낸다.

그의 자기 연민은 회고취향에서 비롯한다. 회고는 단순히 지나간 일들을 소환하고 되새기는 행위에 머무르지 않는다. 그것은 늘 현재적 자아를 확증하는 유효한 방법론으로 소용될 가능성을 품는다.

내가 모자를 쓰고 있는 것은
생각이 많기 때문이다
생각이 많은 것은 그만큼 어리석다는 증거

아무것이나 삼키는
매우 게걸스러운 위를 가진 추억이여

현재는 과거의 식민지
나는 식민지의 몽매한 한 시민에 지나지 않는다
입술가에 흰 우유가 묻어 있는 너를
네가 몸에 기르고 있는 많은 상처들을
나는 기억한다, 네 몸이 양육해온
많은 추억들과 그밖에 불가피한 하나의 씨앗을

— 「모자」 부분

화자는 "모자"를 쓰고 "다리" 위에서 흐르는 "물"을 바라보고 있다. 이쪽과 저쪽을 잇는 "다리"는 생의 경로에 위치한 한 지점을 뜻한다. 그가 바라보는 "물"은 생의 인환人寰에서 마주친, 어쩌면 마주칠 수밖에 없었던 곡절들을 시사한다. "모자"는 자신의 내력을 돌아보는 수단이면서, 자신의 정체성을 위태롭게 확인하고 보듬는 도구가 된다. "현재는 과거의 식민지/ 나는 식민지의 몽매한 시민에 지나지 않는다", 과장돼 보이는 이 발언은 과거, 또는 기억이 가지는 의미가 과거완료형에 머무르는 것이 아니라, 현재진행형으로 작동하고 있다는 신념을 높은 톤으로 드러낸다. "너"는 대상으로 설정되지만, 자신의 자의식을 환기할뿐더러 자신의 정체성을 규정한다는 면에서 화자와 등가적 성격을 띤다. 그러므로 "너"의 입술에 묻은 "흰 우유"도, "너"의 "몸"이 부양한 "상처들"도, 또 "많은 추억들"과 "불가피한 하나의 씨앗"도 모두 그의 과거, 또는 기억의 등고선에 위치하면서 자신의 정체성을 드러내는 환유로 기능한다. "불가피한"은 그것들이 운명적 색채를 띤다는 믿음을 지시한다.

그가 소환하고 되새기는 풍경은 대개 두 방향으로 모습을 드러낸다. 그 중 하나가 젊은 날의 사랑과 회한이다.

① 사랑하는 이의 머리를 감겨주고/ 두 팔을 벌려 그녀를 더 자주 안으리라/ 사랑하는 이를 위해 더 자주 부엌에서 음식을 만들어 보리라

—「다시 첫사랑의 시절로 돌아갈 수 있다면」 부분

② 나는 단순해지리라/ 더욱 단순해져/ 첫눈에 맹목의 사랑으로 눈 먼/ 한 마리 열목어가 되리라

—「하늘 문방구에서 파는 시집」 부분

③ 이미 잊혔어 결국/ 잊지 못하는 것은/ 너와의 교미에 대한 추억/ 수시로 체위를 바꾸던 쾌락의 날들/ 내 등에 손톱자국을 남기며/ 조바심치며 비명을 지르던 너

—「목요일 저녁 6시」 부분

④ 구두는 낡고, 차는 끊겨버렸다/ 그대 옷자락에 빗방울이 달라붙는데/ 나는 무책임하게 바라본다, 그대 눈동자만을/ 그대 눈동자 속에 새겨진 길을/ 그대 눈동자 속에 새겨진 별의 궤도를

—「우리에게 더 좋은 날이 올 것이다」 부분

①과 ②는 젊은 날의 사랑이 유지되지 못한 까닭을 자신에게 돌리고 있다. ①은 사소한 듯싶을지언정 일상에서 따뜻하고 살갑게 베풀지 못한 반성을 담고, ②에서는 열목어熱目魚가 눈의 열기를 풀기 위해 서늘한 물살을 세차게 가르듯이, 사랑의 열도는 좌고우면하지 않고 나아간다는 깨달음을 반영한다. ③에서는 사랑은 선험적인 관념이 아니라, 금수禽獸처럼 생생하고 적나라한 육체성을 통해 증명된다는 인식을 드러낸다. ④는 이별의

피로하고 공허하고 우울한 공간을 포착한다. 그것은 "그대 눈동자에 새겨진 별의 궤도"처럼 숙명적이다.

시집의 가장 많은 부분을 차지하는 게 이와 같은 사랑과 이별과 후회와 좌절에 관한 고백록이다. 때로 경구나 잠언 같은 어법으로, 때로 추체험적 직설화법으로 그려낸다. 소위 사랑을 다루는 시는 소재가 지니는 생래적 이유 때문에 단선적인 관념이나 진부한 센티멘털리즘으로 추락할 위험에 노출될 가능성이 적지 않다. 그런 사례는 현대시의 지형에서 무수히 발견된다. 사랑의 감정은 충동과 불합리와 부조리를 연료로 하는 심리적 작용이다. 이를 언어로 잘 누르고 다독여 맵시 있게 포섭하는 솜씨는 드물 수밖에 없다.

시인의 회고취향은 자전적 형식으로 나타나기도 한다.

> 희망보다는 절망이 더 많았을 때
> 내 옆엔 새가 있었지
> 새에게는 아무것도 줄 것이
> 없었지 나는 괴로움 때문에 술을 마시고
> 상냥한 새를 괴롭혔지
> 내 모든 작품의 첫 번째 독자였던 새는
> 어느 날 날아가 버리고
> 그 뒤로 몇 년이 지나갔지
>
> 그토록 꿈꾸었던 작가가 되었지만
> 나는 행복하지 않았지

새와 가끔 갔던 곳을 일없이 서성거리거나
레스토랑에 몇 시간씩 멍청하게 죽치고 앉았다가
돌아오는 날도 있었지

어느 날 새는 갑자기 전화를 했지
여기 정신병원이야! 라고 낯선 목소리를 남기고
새는 다시 연락하지 않았지 그것으로 끝이었지
또 세월은 흘러갔지
나는 말라버린 우물 밑바닥에 갇혀
언제까지나 날개를 퍼덕거리는
꿈속의 새를 생각하지
—「새를 노래함」 부분

화자는 문학청년 시절과 등단 후에 겪은 방황과 고뇌에 대해 회상한다. 그는 즐풍목우의 시기를 건너 "그토록 꿈꾸었던" 작가로 등단하지만, 방황과 고뇌의 나날은 그대로 이어질 뿐이다. 그것은 오롯이 "새"의 부재 때문이다. "희망보다 절망이 많았을 때" 곁을 지켜 주었고, 그의 "첫 번째 독자"이기도 했던 "새"는 등단 이전에 그를 떠난다. 화자의 등단 여부와 상관없이, "새"는 이미 그의 가장 순결한 분신이며, 그가 꿈꿨던 문학과 문학을 향한 자세의 결정結晶이었다. 몇 년 후 "새"로부터 갑자기 걸려온 전화의 "여기 정신병원이야!" 하는 육성은 "새"의 부음訃音과 다르지 않다. "새"의 죽음은 화자의 문학과 문학적 열망의 죽음인 셈이다. 그러므로 "말라버린 우물 밑바닥"에 영어囹圄된 채, "날개를 퍼덕거리는" 것은 "새"가 아니라 화자일 수밖에 없다. 젊은 날의 순결한 문학적 열망을 잃어버린 순간, 그의 문학적 원천源泉은 폐쇄될 수밖에 없다.

이 작품이 청년기 화자의 내력을 직설화법에 가까운 형식으로 그린다면, 「물고기」는 유년기 화자의 모습을 우의적 수법으로 진술한다.

> 엄마는 내게 왜 여자옷을 입혔을까 엄마는 왜 내 희미한 눈썹을 길고 검게 그렸을까 물 빠진 늪바닥에 하얀 물고기들이 퍼덕거렸다 나는 해 저문 늪 바닥에서 물고기들의 펄럭거리는 심장을 주웠다 엄마는 내가 주워온 물고기들을 쓸데없는 것이라고 버렸다 엄마 엄마 구멍 뚫린 속옷을 입은 엄마
>
> —「물고기」 부분

화자에게 "여자 옷을 입"히고 "희미한 눈썹을 길고 검게 그"리는 모습이 정체성의 부정否定을 뜻한다면, 화자가 주운 "물고기의 심장"을 버리는 장면은 정체성의 타기唾棄를 가리킨다. 문제는 이러한 절망적 행위가 "엄마"로부터 이루어진다는 점이다. 특히 유년 시절의 어머니는 누구에게든지 그 자체가 규범이고 윤리이며, 사고와 행동을 지배하는 배타적 권력이다. 화자에게 "엄마"가 "구멍 뚫린 속옷"이나 걸친 불구와 기형의 존재로 기억에 남는 것은 무리스럽지 않다. 어린 시절에 겪은 이러한 비극적 환경은 화자의 자의식이 고통스런 상처로 얼룩질 수밖에 없는 가리사니를 마련한다. 자의식의 상처는 스물 무렵의 팍팍하고

벗어나고 싶은 일상(「스무 살 때」)과, 신혼기에 경험한 소멸하는 것들에 대한 막막한 환상(「헌책방」)과 궤를 같이 한다.

회고취향에서 자기 연민의 무늬를 드러낸 장석주는 노마디즘의 노정에서 그것에 더 어두운 그늘을 입힌다. 그의 자기 연민은 「달팽이」를 통해 선명하면서 능동적으로 안팎을 드러낸다.

여행자가 어디에서 왔는지는
아무도 모른다 다만
먼 길을 거쳐
왔다는 추측만 있을 뿐

여기는 차가운 시월
비가 내리고
솔방울은 뒹군다
솔숲에서 이끼가 자라는 동안
나는 내 인생의 슬픔을 젖먹이며
딸들을 정숙하게 키웠다

여행자의 옷은 누추하고
그의 얼굴은 노동자보다 더 검게 탔다
그가 떠도는 동안
바람은 끈덕진 채권자처럼
그의 옷자락을 물고 늘어졌을 것이다

그에게는 며칠분의 빵과 잠이 필요하다
그는 완연히 지쳐 있다
그를 위해 빵을 굽고 커피를 끓인다
빵은 연하고 흙같이 향기롭다
커피는 열이틀간이나 내린
열대우림의 비처럼 신선하다

내가 여행자를 위해 할 수 있던
노동이란 그것뿐
하지만 신성한 의무
그는 수도승인 듯
조용히 빵을 씹고
검은 커피를 달게 마신다
그가 마신 것은
열대 태양의 작열하는 기운과
밤의 적막

그는 시월의 비가 그치기 전에
다시 먼 길을 떠난다
아무도 그의 목적지가 어딘지
아는 사람은 없다

—「달팽이」 전문

화자는 10월의 어느 비 내리는 날, 달팽이를 바라보며 상념에

사로잡힌다. 그는 끈적하고 어두운 점액질의 자국을 남기며, 하염없을 듯 온몸으로 굴신屈伸하는 달팽이에게서 고단한 "여행자"를 떠올린다. 그는 "인생의 슬픔을 젖먹이며 딸들을 정숙하게" 부양해 왔다. 이는 "슬픔" 속에서도 상식과 교양을 지키는 삶을 꾸려 왔다는 점을 암시한다. "슬픔"의 내막은 문면에 가려 있지만, 그러한 삶의 자세로 말미암아 그가 달팽이에 주목하게 되었다는 추정이 가능하다. 달팽이는 현실에 정주定住하는 자신과 달리, 끊임없이 세계를 여행하는 노마디즘의 삶을 영위하는 듯하다.

달팽이는 "누추"한 "옷"을 입고 "노동자보다 더 검게" 탄 행색이다. 화자는 그것의 곤비困憊한 모습에서 자신이 겪은, 집요하고 간단없는 세파를 겹쳐 읽는다. 그는 동병상련을 느끼며, 달팽이를 위해 "빵"과 "커피"를 준비한다. "빵"은 "흙같이 향기"로우며, "커피"는 "열대우림의 비처럼 신선"하다. 흙과 비가 달팽이에게 적합한 생태적 환경을 구성한다는 점에서 그가 준비한 것의 의미는 자명하다. 하지만 "커피"가 다시 "열대 태양의 작열하는 기운과/ 밤의 적막"으로 비유된 부분은 하나의 완미한 의미의 연결마디를 구하기 어렵다. (생명들이 원색으로 가열하는) "열대 태양"을 시의 배경을 이루는 (소멸과 조락이 시작되는) "시월"과 단순히 대비해 읽는 것은 속스럽고, "밤의 적막"에서 커피의 빛깔로부터 착안한 쓸쓸한 휴식과 위로의 모습을 읽는 것은 감상적이기 쉽다.

화자가 달팽이에게 "빵"과 "커피"를 제공하며 연민을 느끼는 이유는 그것에서 자신이 이루지 못했던 여행, 또는 유랑이라는 삶의 형식을 발견한 데 있다. 이는 달팽이가 화자의 분신적 성격을 띠는 근거로 작용한다. 여행, 또는 유랑에 대한 화자의 원망願望은 "인생이란/ 낡은 구두 한 켤레 정도의/ 무게뿐"(「여행」)이라는 비관적 전망, "슬픔을 이기고 날아가는 새들"(「11월의 여관」)에서 비치는 결기 서린 삶의 인식으로 변용되기도 한다.

화자의 노마디즘적 태도는 그의 현실을 읽는 방식에 기인한다.

> 떠나버린 협궤열차를 보라/ 녹지 않은 응달의 잔설을 보라/ 고단한 날개를 퍼덕이며 하늘에 붙박인/ 철새들을 보라
>
> —「여행」 부분

> 누가 버린 봉제인형이 몸을 반쯤 감추고/ 집적거리는 바람의 손길을 피해 숨어 있다 (중략) 내가 가리킨 방향의 땅에서는/ 마른 먼지가 일었고 내가 떠나려 할 때/ 차표는 매진이었다
>
> —「입사귀」 부분

> 먹이를 구하지 못한 새들이/ 낙과落果처럼 뚝, 뚝 떨어지고/ 폐기종의 마른 말은 마구간에서 새끼를 낳는다
>
> —「기차」 부분

> 저 선사시대부터 해변에 내려왔던 늙고 메마른 햇빛이 의자에 봉제공장의 늙은 노동자처럼 앉아 쉰다 머리칼은 희고 척추는 굽었다 천식이 심해지는 밤이 걸어온다 햇빛이 수척해진 몸을 이끌

고 어디론가 사라지면 빈 의자는 별빛의 차지다

—「해변의 의자」 부분

"떠나버린 협궤열차", "하늘에 붙박인/ 철새", "차표는 매진이었다", "폐기종의 마른 말은 마구간에서 새끼를 낳는다"에서 확인할 수 있듯이 그에게 현실은 도피할 수도 없고, 미래에 대한 기대도 허용되지 않는 공간일 따름이다. 현실은 여전히 "녹지 않은" "잔설"로 존재하는 "응달"이며, "누가 버린 봉제인형이 몸을 반쯤 감추고" "바람의 손길을 피해" 공포에 떠는 현장이며, 굶주린 새들이 "낙과落果처럼 뚝, 뚝 떨어지"는 아포칼립스다. 그 안에서 인간은 "선사시대부터" 그래왔듯이, "해변의 의자"처럼 황폐하고 공허하고 외롭고 무의미하다. 현실은 화자에게 통로를 차단한 채 오로지 떠남을 요구하는 아이러니로 채워져 있다.

장석주의 자기 연민은 자기애, 또는 자의식으로부터 발원한다. 그리고 그것은 회고취향과 노마디즘으로 언어의 공역을 확장한다. 회고취향은 시간의 흐름을 거슬러 과거로 이동하려 하며, 노마디즘은 공간의 변화를 도모하며 이동하려 한다는 점에서 차이가 있다. 하지만 회고취향과 노마디즘은 자신이 존립하는 현재 그 지점으로부터 이탈을 모색한다는 점에서 다르지 않다.

벨라 타르의 「토리노의 말」에서 현실은 음울한 단조의 배음 속에 몸을 가누기 힘든 바람이 흙먼지와 낙엽을 날리며 몰아친다. 장석주의 현실은 그것의 척박한 세목을 밝혀 일일이 기입할 뿐 차이가 있지 않다. 영화의 자기 연민은 에피소드 바깥에 존재하며, 세계의 종말과 함께 암전되듯이 어둠 속으로 사라진다. 하지만 장석주 시의 자기 연민은 시와 동거하며, 그가 과거를 되새기고 노마디즘다운 욕망을 접지 않는 한 오래 이어질 것이다. 과연 그의 자기 연민은 영화에서 딸에게 섭식을 권유하는 종말을 예감한 마부의 피로한 실루엣과, 젖을 찾아 이미 죽은 어미의 품을 파헤치는 어린 짐승의 간절한 몸놀림과 동일한 채색을 지닌다. 인간의 역사에서 영원히 해결되지 못할 쓸쓸한 미제사건, 또는 환멸스런 행려行旅, …… 그래서, 그러니까 어쩌란 말인가.

장석주 시집

스무 살은 처음입니다

발　행 2018년 10월 15일
지 은 이 장석주
펴 낸 이 반송림
편집디자인 김지호
펴 낸 곳 도서출판 지혜
계간시전문지 애지
기획위원 반경환 이형권 황정산
주　소 34624 대전광역시 동구 선화로 203-1, 2층 도서출판 지혜 (삼성동)
전　화 042-625-1140
팩　스 042-627-1140
전자우편 ejisarang@hanmail.net
애지카페 cafe.daum.net/ejiliterature

ISBN : 979-11-5728-301-9 03810
값 10,000원

장석주

1979년 《조선일보》 신춘문예에 시가 당선되어 등단한 뒤
마흔 해 동안 시를 써왔습니다.
몇 권의 시집과 몇 권의 산문집을 냈습니다.
질마재문학상, 영랑시문학상, 편운문학상 등을 받았습니다.

스무 살, 그렇다. 인생에 있어서 가장 소중하고 중요한 시기를 맞이하고 있는 우리 젊은이들에게, 삼포, 오포; 칠포의 늪에 빠져있는 우리 젊은이들에게 무한한 용기와 격려를 보내며, 낭만적 꿈과 희망과 사랑을 선사해주는 시인, 장석주 시인의 참다운 노래가 여기에 있는 것이다. 장석주 시인의 가난과 고통은 『스무 살은 처음입니다』의 토대가 되고, 그의 무한한 반성과 성찰은 영원불멸의 고전으로 완성되었다.

이메일 : kafkajs@hanmail.net